歌集

褐色のライチ

鷲尾三枝子

短歌研究社

褐色のライチ　目次

Ⅰ章

Ⅱ章

Ⅳ章

Ⅴ章

装幀　倉本　修

褐色のライチ

Ⅰ章

入相の鐘

大爆笑のような桜の中千本およぎゆくなりわがうつしみは

そまれよと桜千本かぜを生むふかく吸わんと眼を閉じる

ここにおいで　だれの声なり耳すます入相の鐘ながるる吉野

入相の鐘は山へと消えゆきて若き僧侶の輪郭ゆるぶ

干し柿食みて

五人家族を母は抜けたり　ぬけし洞まだあたたかく初雪つもる

風呂の香をこぼして夫が仏壇の母にむかいぬ冬ゆうまぐれ

遊歩道ここで途切れてほうやれほう母をはげまし歩きたる道

最後まで杖をつかいこなさざり母の負けん気　夏日なつかし

ははの死にあかるいひかり差すごとし「すずしい声のおばさまだった」

きらきらと産毛ひからせあさがおの蔓のぼりゆく夏のあけぼの

東京湾にあがる花火のきれはしがベランダ赤く染めて消えたり

「あなたを見るとほっとする」言われしは四十代のいつのことなる

日曜のひとりの家を蝶番締めてまわりぬドライバー手に

こわごわと新聞開きいらいらと新聞読みぬ新聞溜まる

「NO　WAR」ウヲーウヲに聞こえればNOにおおきくアクセントおく

二十分の修理待つ間の話題なり憲法九条沖自転車店

中也帽かぶりて帰りくる娘いつから中也を好きだったのか

夫の付箋われの付箋とかさならぬ歌集一冊棚にもどしぬ

秋くれば円谷幸吉かなしめる人がわが夫干し柿食みて

雪の夜祭

新潟県浦佐では三月三日に雪の夜祭がある。

転ばぬようにおみな三人《みたり》が腕を組み雪道くだる靴キューーと泣く

うつつ逃れてうつつかかえて来し越後雪ざんざんとうれしき寒さ

感情のやぶれやすきはかなしきかブーツに浸みる雪解けの水

山茶花もすっかり散って路地奥にせり出すような臨月の月

太棹のびしいと響きてせまる声義太夫語りに酔いてゆくなり

アイと泣きオオとくずれぬ　義太夫の声ぎりぎりとくれないおび来

肉体を育ちゆくゆえあるときはせつなき声をひとはもらせり

ネパール・ムスタン

十八人乗りの飛機にてわたされる絮の耳栓キャンディふたつ

三千の標高に咲く駱駝草よりそうようにコスモス揺れる

カランカラン馬鈴ひびきてガミ谷に近藤翁の白髭の見ゆ

岨谷《そばだに》に荷を負うラバとすれちがうただ静かなりラバ《カッチャル》の群れ

火にくべて暖とる馬糞　抱くように岨にひろえり女も子らも

こいびとのように細き枝《え》引きよせて砂礫に育つ林檎いただく

ムスタンの小さきりんご食ぶ三つネパールカレーにつかれたる胃に

澄ませよと声のひびきに昇りくる蒼き満月風のムスタン

枇杷いろに稜線そまりいま雪のニルギリに明けはじまらんとす

あるだけのホカロン置きて宿を出る膝をかかえる眠りおもえば

物売りの少年もはや笑わざり二時間つきくる眼《め》に力こめ

スクールバスを目で追いながら鍋洗うカトマンズ公園の少女は裸足

祖母《おおはは》のような笑顔にさそわれてチベット村に買う銀の箱

帰り来しゆうべの卓に湯豆腐が肩ぶつけ合うニッポンの冬

突き出すように鉄砲百合が咲きましたもう引き返せないイラク派遣は

パタンの町で買いし小さな弦楽器かなでぬままに弦のゆるびぬ

鼻音さやかに

都営荒川線は早稲田から三ノ輪までの路面電車。

カーブまたカーブにゆるく身をゆだね夏草わける荒川線に

運転士の名は高柳優司さん鼻音さやかに駅名つげる

終点の三ノ輪の路地にひっそりと咲くあお桔梗しろ桔梗のはな

路地奥はひとまたぎの幅ももいろのビニールプールが行き止まりなり

生活の音こぼれくる路地奥のながくかかりて暮れてゆくなり

ゆうぐれの郵便受けよりはみだせり「チラシ配りのパート」のチラシ

仰向けに死にたる蟬をかえしやる土まだ熱き大樟の下

雨あとの桔梗《きちこう》ゆれつつかおを上ぐ神に寄りゆく友おもう夜

セツの手

松江市にあるラフカディオ・ハーンの旧居を訪ねた。
セツも土地の人も「ヘルン」と呼んでいたという。

肩をすぼめ小柄なハーンと並ぶ妻セツの手ふっくら面倒見よき手

萩あかくこぼれる庭に風わたり「ヘルン　ヘルン」と呼ぶにあらずや

松江なまりにセツの語れるものがたり夜ごとハーンの胸に積りぬ

昨《き》夜《ぞ》の雨たまりし窪に水浴びる雀十羽のとばす秋の陽

「しんぱいでねむれなかった」という声が木漏れ日まとい届くベンチに

夕刊の配られるころか「ああ、ああ」と人語のごとく鴉啼きおり

仰向けにひったりと抱く両足を胸にひきよす腰痛体操

「励ましてはいけない時代」おもいつつ水中歩行の足がおもたい

お札せんべい

「浅香のぬまこ」「春日野しかこ」のペンネーム十八歳の一葉のこころ

十八の一葉ささえる屋台骨ぎゅんと泣きしか菊坂二間

「ここからはしゃべってはダメ」路地おくは無口な井戸が待っております

菊坂にぱりんと割りぬ一葉の「お札せんべい」乳の味する

爪皮もぬれてくやしき極月を一葉がゆく借金にゆく

観潮楼の庭ゆ楕円の月のぼり近代の硬き表情を見す

本郷をそぞろ歩きのうたよみが団子坂にて流れ解散

ミモザサラダ

指さきにつまみて切りし母の髪ほどのかそけさ落葉あそべる

ゆるやかに忘れゆく母忘るるるをもう口惜しまぬ母となりたり

この冬を越せるだろうか夕空が丹色に母の髪そめにくる

手に足に胸にもたまりゆく水のいずこよりきて母くるしめる

黒き葡萄のしずかさたたえ母の眼《め》がもうじゅうぶんに生きたといいぬ

いま母はどんな楽しき夢のなか酸素マスクのなかにわらいぬ

ベッドより見る三角形の空はあお春一番の話をしよう

小龍包は蓮華にのせて食《と》ぶべし母に教えき　この春のこと

手摺りめぐらす廊下を西日照らしおり母がいちばん歩いたところ

自活はじめし娘のメールにきらきらとミモザサラダとペンネ写れり

一列となる

カモミールかたえに置きて眠れよと友はくれたり手紙をそえて

眠るための錠剤増えてゆく春と声こぼれくるあさの車内に

少女らは鏡の中にのめりつつマスカラをぬる　春は重たし

水やりを忘れられたるゼニの木がささやくように花を咲かせる

五月の連休にわたしの母が亡くなった。九十三歳だった。

逝きし母のひたいに鎮《しず》むやすらぎをいくたび言いてなぐさまんとす

杖つきて歩きとおした母の足「さすって帰る」と五月の日記

今日ひと日今日をひと日と生きて来しけんめいなりし母の晩年

母たちの五十代はもいきいきと汗ひからせて小言を言って

母なくてゆるゆるとせるわが身体ひるがお踏めば眩しいばかり

蒟蒻屋の酸ゆき匂いのかえりくる母訪う道はもう往かぬ道

皿一枚にもろもろのせてひとりなり夫にもみせぬ昼餉とるなり

きみも吾も母おらぬ夏藤棚の下にさびしさとけあうごとし

そういえば

書き出しはフンコロガシなり『昆虫記』逆さになりて糞を運びぬ

ファーブルのフェルトの帽子の横顔を走らぬ夏の雲に見ている

夕立にずぶぬれとなる街も木も生まれたばかりの木にいる蟬も

秋風がはこびくれたるなつかしさくりかえされき母の「ありがとう」

一〇〇に満たぬわれの血圧　熱たりぬ愛恋のごとさびしまれおり

迷走のベランダの蟻ある朝をわたしに向きて一列となる

Ⅱ章

豌豆のひげ

豌豆のひげそよそよろ遊びしが春は支柱を立てねばならぬ

「上手ひねり」ガクッと膝より崩れ落つ安美錦あな悔しき一敗

「琴欧州！」熱きかけ声　きわまれば染まりゆくなり白き身体は

蹲踞の姿勢とりつつあした黒海がおもうであろうカフカスの山

わが贔屓長谷川、魁傑、栃東ねばりが足りぬ　そうかもしれぬ

もう一歩もう一歩と七年間　土俵去りたり友の息子は

息子の自転車また盗まれたるという自転車一台のことと思えず

月冴ゆるこよい百毫のひかり射し自転車どろぼう照らされるべし

春の夜のテレビがふいに映しだす潰れて大き格闘家の耳

大いなる空ゆさぶりて降り出しぬ雨季は蛇口の水もいきおう

母逝きて母の友逝きわがめぐり老いのにおいの消えて夏くる

百円ショップビルごと消えると聞いた夜の夢にあふれて咲くゼラニウム

みどりごのあくびにゆるぶ秋の日の電車が高架の橋にかかれり

杖をのこせり

亡き人はこころのなかに棲みがたくきょう会いにゆく父母《ちちはは》の墓

寡黙な人は怒りやすきかかなしめど父の厚き手撫でしことなし

月光は見守る青さ清洲橋を杖ゆっくりと老人わたる

犬の孤と犬ひく人の孤がほそく繋がりながら橋こえてゆく

遮断機のあがりて空のひろがれり雨止みていん隣の町は

母のノートに歌がたくさん「もっと具体を」わが文字の見ゆ

母まさぬ家はほろほろこぼれゆき枝折り戸の黒き紐のなびけり

樋のなかにも咲きこぼれたる百日紅ははと見上げし家ももうなし

母の家もうない、ないよ　通いたる小路のあかい椿おちたり

意志とおしひとり住み経し二十年ははの大屋根なき夏の空

明治の末ゆ平成の世を生きつぎて木のしなやかな杖をのこせり

梅もうまばら

職退きしきみの心をしみじみと問うこともなく梅もうまばら

「すみれの花束をつけたベルト・モリゾ」の前にて。モリゾはマネを愛していた。

ああ、これがベルト・モリゾかまっすぐな黒きまなこはマネを見つめる

鍋いっぱいに煮る花豆のふくふくと耳はたのしも料理とは音

上がり性なるわが半生をたどるときドイツの硬きパンの味する

彫像のごときリッカルド・ムーティも老いて似合わぬ笑みこぼしけり

拍子木をうつ夜回りは渡辺さん妻をなくしし青年団長

ベランダに出会う嘴太鴉《はしぶと》四日目をすみれ色なるまなざし向ける

人語

肩や頭《ず》にこぼれる人語のあたたかく車中に揺れて二駅ねむる

ふかぶかと落葉わけつつ入《い》る林いつよりわれは手をつながざり

鍬入れん　屋上菜園土塊にざざっざざっと湯気あげるまで

降りだした雨がガラスを伝いゆきもっと言えよと声にうながす

陽水の声のごとくに降りつづく雨をまといて息吹きかえす

両腕をひろげ待つのは雨ならず義足ふりくるアフガンの空

そのなかを出ず

二〇〇八年・パラリンピック

車椅子に笑みて輝ける人の上腕筋がメダルを掲ぐ

贔屓の力士おらざるままに初場所の果てて桜を待つ隅田川

散りしきるさくらはなびら白砂のようにうごかぬ千鳥ヶ淵は
花筏わけて漕ぎゆくいっそうのボートの上のしずかなる父子《おやこ》
わが肩にパサリと白き糞をおとし消えたりけぶるさくらの中へ

はなびらの水脈ひきながら夕暮れぬかわいた母の足音《あおと》なつかし

覆面に芝刈る人も帰りゆき自販機のむこうすでに夕焼け

首伸べて渡りにむかうものたちよ　ちいさきかおは北へとむかう

月はあまりに大きすぎれば北をさす渡りの鳥はそのなかを出ず

破顔一瞬

五月下旬に妹のお墓へ。今年も快晴。

真夏日のような陽射しとあおぐそら無紋の蝶が湧きあがりくる

海に向く公園墓地は晴れあがり手桶の水をまんまんと運ぶ

霊園は海にむかいてただ広く墓をめざして一列となる

七回忌もまた大晴れね　いもうとの破顔一瞬よぎるにあらず

喪服の頭上に黒き日傘をひとつずつ潮のにおいの段《きだ》にしたがう

読経の僧のひたいに吹く汗をみておりいもうとの最期思《も》いつつ

亡き人は渇かぬゆえに墓石にそんなに水をかけてはいけない

一本の枇杷の葉陰に息をつく花実ひっそり隠す葉陰に

眼の先は五月海原　サーファーの転びやすきよ現《うつつ》のひとは

高枝鋏

あまき香をこぼしてみかんの花咲けり仰ぎゆくひと顔寄せるひと

わが犬の骨片ねむる土に春あばれ樹が白き花咲かせたり

花咲きて実のなるふしぎ目に追えば張り出すような大夏蜜柑

冬の空切り取るように夫がいま高枝鋏を大きくひらく

ざくざくと刻みて蜜柑煮詰めゆく時間《とき》に沈みてひとおもうなり

ジャムの壜卓に輝くいもうとの大好きだった黄金《きん》のママレード

水仙にもし声あらばあおき声　声もろともに青茎を切る

わらわらときざすさびしさ胸鰭の何に喩えて立ち上がりたり

さくさく

白き手が使徒のごとくに近づきてわが手を乞えり新宿地下道

「ますかけ」というらしい。

てのひらを真横にはしる手相もつ左右なれどもひとには見せず

感情線はすぐその上をぐしゃぐしゃと乱れながらも上りてゆくも

耳聡き今日のさびしさ曇天の見えぬ空より土鳩うたえり

「パバロッティの胸郭かりて吸う秋の」わが三十代の上句ありき

硬き耳立て白檀のみみずくが護符のごとくに居るわれの部屋

友のやまい癒えゆくと聞くうれしさよカミツレポプリまだ香りあり

種はこぶ風は秋風ベランダのコンクリートに咲く赤まんま

仏壇の蠟燭おおきく揺らぐとき彼岸のだれかが笑うとおもう

カリウムは多いけれども晩年の母に買いたり鰤のお刺身

「ヒアルロン酸」うまく言えない夫と飲むヒアルロン酸　ふたりならんで

梨捥ぎの娘《こ》の写メールに映る空さくさく母も出かけよという

「さくさく」は「気軽に」の意味の若者ことばらしい

わがはいは三毛

大いなる手があらわれてすっくりと抱きあげられぬ三毛猫われは

野良のわれふらりと佇ちしは下町の「アカシア」という珈琲店前

籐椅子の丸さがことにここちよくここに眠りて三年を過ぐ

野良猫の寿命は四年半という瞑りて思う後半生を

癒しとうことば嫌えどときどきは撫でてもいいよさびしいときは

うつし世の日々ふかくなる嘆き聴くもも色の耳角度かえつつ

風つよき歩道橋より見下ろすはひとの流れの時間の尻尾

観察眼犬よりふかし　マスターは饒舌にして実は頑迷

愛すべきは女主人の明快さ五枚の毛布アフガンに発つ

わがはいは三毛、シベリアンはたペルシャありアフガンの猫いかに呼ばるる

カレンダー替わりて荒野のひろがれり見るたびわれの野生がうずく

夜の淵をつよき香ながす水仙にだれも居らねばくちづけをする

つぼみ白梅

枯れ芝の陽だまりのなかに鶫みゆ一羽かくれてまたあらわれる

靴先に朴の落葉をくずしつつ友のくるしき回想を聴く

鹿児島紅、千鳥、真鶴、蓮久《れんきゅう》の紅梅ぬけて見る空のあお

目覚めれば身体をはって出《い》でたもう光のごときつぼみ白梅

枯れながらのぼりつめたるヤブガラシ電線をこえ今朝切られたり

仏壇の小菊ずんずん冷えゆく夜　おかあさん菊がきらいでしたね

木曜日ははをむかえしデイケアのバスが行く見ゆ青葉の間より

星布団店は閉店したり母のため大きボタンのパジャマを買いき

娘よりブラウスとどく母の日に「夫婦なかよく」カードそえられ

桜島の地熱が育てし芋焼酎まよい小路の息子と呑まん

夢の中にてはきはきわれはものを言う「右折は大きく曲がりゆくべし」

終着駅はユトレヒト

電飾のハウステンボスめぐるバス終着駅はユトレヒトという

ユトレヒトという地名を知ったのは大西民子の歌からだった。

声にひびけばさびしき町よユトレヒト民子詠いしユトレヒトは雨

みどりごは手足うれしと風を蹴る抱かれる時間の長くはあらず

虫欲しとうつぼかずらが揺れている夜かもしれぬ眠りの遠し

丹田に心あつめて待っている　足の先よりねむりゆくべし

きみもまた覚めやすきかな枕頭のペットボトルのきしむ音する

「罪と罰」を観る。

炎天をくぐりて小さき劇場の座席にしずみ観る「罪と罰」

ザーザーと雨にみだれる画面よりラスコーリニコフのソーニャ呼ぶ声

外套の裡より斧は下ろされつ　モノクロームなれば血潮は黒し

ドストエフスキー重しと入りたるドトールコーヒー苦さの足りず

乾きやすき眼にまぶし夏の陽がちいさき段《きだ》にわれは躓く

赤彦全集紐でくくられ全十巻五千円なり一誠堂まえ

麦茶にむせる

撒いてゆく如雨露の水とひびきあい蟬鳴く声も細りゆくなり

電線をわたり鳴きつぐ鴉きょう声に張りあり恋得たるかも

信号をふたつ一気に渡りきり恋に走りきわが犬一度

素数のごとく雲のはぐれる秋はきて自死三万を超すという国

ひとり居の時間の溜まる居間にいて冷やしすぎたる麦茶にむせる

夏の時間

風に立つ萱の穂なでつつ奥入瀬をあと三キロと足を励ます

娘《こ》とふたりはじめての旅みちのくの夏をゆくなり緊張すこし

Tシャツの中を吹きゆく風に娘はおさなき頃の表情を見す

ケイタイに仕事わりこみ風の中われの知らざる娘の声を聞く

倒木は湖畔にしろき身をかさね夏の時間の止まれるごとし

橅の樹下にすっぽりと身をゆだねれば翳の消えたるからだはすずし

娘の恋に触れえざれどもしずかなるひとが好きらし　風の奥入瀬

ほろほろと降るはフォーレのレクイエム秋のはじめのビニール傘に

Ⅲ章

夢の島と猫

ふっくらと太りたる猫五、六匹先達として夢の島をゆく

この冬を生れし子猫か従きて鳴くなにもないよと両手ひろげる

展示館へは一本の道ユーカリやくぬぎ戦げど人に遇わざり

身体《からだ》張りひっそりと在り五十年第五福竜丸に会いに行く

福竜丸は海恋しいとマリーナの湾の響きににおい立つかも

晒さるる船のいたみよそっと手をのばし木肌の船底に触る

当時二十八歳だった見崎《みさき》吉男漁労長、入院中の手記。
二〇一六年、九十歳にて死去。

包装紙の裏に書かれし闘病記三メートルのその強き文字

闘病の手記の一行立ち上がる「人間はいつまでたっても満足しないだろう」

張られたる福竜丸の大漁旗らんるなれども色あせぬ朱

ささやくように子に語りいる母若くわれと三人だけの展示館

夕光が斜めに照らす足もとをモノクロの葉書かいて出でたり

友からのメールは3・21のデモを知らせる行かんと約す

往きに見し青猫いまだ瞑目すオオタニワタリのみどりの真下

無様に切られしアメリカデイゴのごつごつを逃れるように鳥が飛び発つ

振り向けば長きわが影踏むように猫のつきくる　お別れをせり

むっつり月が

コンクリに打ちつけたれどぬけぬ鉢地縛りのごとし蘭の根っこは

赤塚不二夫もなくてこの世に奇天烈の色も消えたり　むっつり月が

立ち位置を半歩前にとつぶやけり自動扉の前にていつも

返したきこころおさえて七秒間きょうのかき揚さくりとうまし

すり鉢のみぞの磨耗のほどよくてくろき胡麻よりあぶらしみ出《い》づ

家中の黒革靴をたんねんに磨きたくなる二月はことに

筒抜けの空の真下の交差点ベビーカーのあとをゆっくりわたる

おりたたみ式あかい自転車たち上げて青葉の奥へ青年は消ゆ

『白き瓶』五百ページを読みしかど親しくなれず長塚節

久に会う娘すこしく面やせぬ「卑弥呼」の大きな紙袋さげ

膝関節しくしく痛む春なるを不機嫌なははの顔のなつかし

ふりむけば

海光を背にむけて立つてんてんと波を待ちたるサーファーの黒

海風にかおさらしつつ聞く友の看取りはいまし峠なるらし

わたしにもありし看取りのとおき日々ひきよせ靴の砂をこぼせり

どうしてと母おいつめし日もあったけぶれる波がときおり光る

日差しはや傾きはじめ　腰ふとき昆布のような影われら曳く

「このさきが稲村ヶ崎ね」ふりむけばわがびだくおん褒めたり友は

花籠

越後なる父のふるさと　籠編みてひと生《よ》を終えし叔父ひとりあり

聾《みみしい》のわかき叔父なりふかく息こめて「みえこ」とわれを呼びにき

細き竹いく夜たわめて編みたるや籠のあわいの影の青かり
はしきやし花籠ひとつわれの手にのこりて越後は雪ばかりなる

まるき石

なにひとつ悔いなき去年というハガキ読みて文鎮の下に抑えぬ

筆の奔りし手紙を舐めて風がふく抑えんと置く石の文鎮

ときおりにてのひらを置くまるき石梓川にてひろいきし石

半分はマスクに隠れたる夫がちかづいてくる目が笑ってる

「二メートル超えて優勝！」小見出しはみちのく林檎の皮剝き競争

キウイまだまだ硬しおっとりと林檎にそわせ寝かし待つべし

雨にぬれつつ泳ぐことなどしてみたし今日は魚のきもちになって

春昼

スーパーに独活ひっそりと置かるるを太く大きな手が摑みたり

抱いてごらんといわれしものは何ならん夢覚めし手に重量のあり

ホワイトボード滑りやすくて啄木の一首を書けばさびし　春昼

陽のなかをふりゆくさくらが青みおぶ明るき花とついに思わず

春や春やせてしまいしふくらはぎ十《とう》の石段見上げて母は

おいびとの声はくさびらおもわせて青笹を打つ雨音をいう

三十年運河のへりに棲みふりし胸の奥処に水におうかも

みっしりとあまさ身ぬちにしみてゆく冬向き合いて食ぶ深谷葱

抱くによき形なりけり白菜のひとかぶずしりと胸におさまる

刃を挿せば水わくごとし断面は三浦大根ぬれながら切る

あお光る鰮《いわし》の骨をずいと抜く血潮わずかににじませながら

日曜の将棋戦なり首かしげ言い訳をするおとこが勝者

六十五歳の植木等のかなしかり「スーダラ節」が懸命すぎて

車窓

きょうわれは先頭車輛の窓に向き線路の赤き錆こえてゆく

揺られつつ列車に時間まきもどす　つまくれないはほうせんかの花

登戸をすぎるあたりかゆるやかなカーブつづきて丘陵に入る

水引草《みずひき》の赤が目を射る線路沿いあら草わけて走りゆくとき

まっすぐに真弓を立てる少女らが乗り来て車内に白き風立つ

疾風にながされゆくと見る鳥が一気にのぼる顔引きあげて

あつらかな雲居をぬけて飛機ゆけりいま日本を捨てる人あり

西都原古墳

三百基の古墳ねむれる西都原かぶさるように冬が来ている

死にし子を素焼きの壺にねむらせる縄文の母のあかき手おもう

なめらかな肌理もつ土師器《はじき》は子の柩ともるようなり褐色の壺

屈葬の小さき石棺べんがらのかすかに残る朱の色撫でつ

みかえればただ静かなる古墳群はるは花粉の風荒らぶべし

赤きソファ

万年青の実食べつくしたのは嘴太鴉《はしぶと》かうっとりとしてわれを見ている

わが家の犬ロクが死んで八年になる。

赤きソファの横が定位置晩年はパタンと尾を振り眠れるばかり

鹿取山中の家族葬なり雲わけて昇る煙にお別れをしき

積乱雲のさらなる上空しらきぬをひろげしずかな秋がはじまる

掃除機を引っぱる手足つと止まりわが晩年をおもうみじかく

おろしたる雪平鍋がうす曇る熱暑おわらす雨がざんざと

屁こき女房子が言い出して笑いたり五つの椅子に五人すわりて

Ⅳ章

ぼたん雪

震災より一日ひとひが暮れゆかずさわぐこころに卵ゆでおり

朝刊から夕刊までは何時間、死者二百人増ゆ三月十五日

降りつづくがれきの上をぼたん雪かくしきるほど積もることなく

東電の謝罪たったの四十音その四十音を原稿に読みつ

だがテレビ消すことできぬひと月をただに黙して被災をみつむ

墨東の空にのびゆく電波塔その先端があさあさひかる

クレーンの最後の一基おろされてスカイツリーが銀色に立つ

上履きの湿った匂いのなつかしさ投票日に行く体育館は

ここもまた避難所となる体育館にひえびえとして投票おえぬ

目にみえぬ核の待つらし川底は花びら芥うずまきて消ゆ

降りはじめが危ないという訳知りに　梅雨ざんざんの日がすぐに来る

東京の空は白蠟のようですと声のこぼれ来テレビの中で
防護服の白さまなこに残る夜の月のなかにも人うごく見ゆ

足並み

灯りおとした新宿構内雑踏のその足並みが落ち着いて見ゆ

ひと待ちて苛立つ表情みするなし息子のやさしさ憶えておこう

いつの日の旅にもとめて居間にあり夫の孫の手われのふくろう

妻よりも先に死ぬこと当然と必然といい眠ってしまいぬ

じゅ、じゅっと蒸すごとき音は頭上より樟の若樹に大家族すむ

るりまつりの花のおわりにもぐりこむけむりのごとし青しじみ蝶

竜胆の青がきれいと娘の声す秋の墓参のよく晴れた日に

義母のなまえは「菊江」

施餓鬼会のははの卒塔婆〈菊〉の文字その拙さのかなしかりけり

ベランダのわたしをのぞく鴉いて無縁同士が陽を浴びるなり

喪中はがき手にくりながら思えらく九十の坂、百歳《ももとせ》の坂

老い人の泪は零れず目の縁をあかくそめつつにじみゆきたり

もっとそばにいてあげれば　悔いがいま夜の白雲のようにうごかず

よく笑うひと

夏目鏡子述「漱石の思ひ出」を読んで。

歯並びの悪しきをその夫書きのこす夏目鏡子はよく笑うひと

夫を語る一冊さらりと読みおえて夏目鏡子を好きになる冬

w-inds. をききながら。

眼にしみる枇杷の葉陰の花の白「ハナムケ」の曲ながす部屋にて

牛乳は噛みて飲まんよなかんずく冬なつかしき父の声なり

つまずくように逝きたる若き友おもう手中のレモンが玩具のごとし

手をつけぬ居間の一隅本の山　あかがね色にかがやきており

泥葱は折れ矢のように青き葉を差し交しつつ歳こえてゆく

頑是なき笑いのようにおもわれてきらら日照雨《そばえ》にあいたき朝《あした》

きらきらと真白し夫の前髪がまなこに沁みる今朝の夫なり

しろきかんばせ

スーパーの今朝のチラシに放射線測定器あり赤く囲まれ

みちのくにむかし買いたる絵蠟燭避難リュックのなかに眠れり

銀色の「アルミ毛布」も必携です体育館は冷えしるきゆえ

冬ざれの空の真下の道に立つ野づかさのようにポストが光る

雛に似るしろきかんばせ陸奥の媼はふかき疲れにじます

かなしみをいかりもろとも抑えつつ律儀に答う陸奥のひと

あしなが募金はつかさしだす窓口に秋咲くはなの種をもらいぬ

閖上

根こそぎに防風林伏すそのむこうつよく光るは閖上《ゆりあげ》の海

荒草のなかに自販機一台の赤錆びて立つ閖上の地に

ぼた山のごとき黒さが眼《め》にせまる瓦礫は山なり一年を経て

一切合切くだかれ赤き土となり古墳のようなしずかさ見せつ

閖上港に廃船ふたつからっぽの牡蠣の筏に添いてゆれおり

人おらず鳥なお鳴かぬ閖上の町もういちど振りかえり見る

ひとの入らぬ山となりたりみちのくの苦さふかめて独活ふとりゆく

震災のそとがわに立ち一年余うろうろうろうろと歌を詠みおり

雨だから風つよきゆえ行かざりし昨夜のデモを新聞に見つ

ふかく折る

二〇一三年三月　福島をおとずれた

ランチ待つ間を一羽の鶴折りぬ明日3・11の福島の地に

えらびたる朱のいちまいに鶴を折る雪の磐梯《ばんだい》山に日が射しており

鶴折るは何のちからにもならざれど折る数分のしじまは祈り

ざっくりとふかく折るべし鶴の首うつむくほかのかおを知らざり

吾妻颪がおとしていった松笠がバラのようなりカバンにしまう

大杉を幹ごとゆらし吹きあげる吾妻颪にまかれて歩く

狐雨まぶしく見あぐ信夫山は小さき丘なりいま除染中

放射線量朝ごとに載る新聞を鞄にしまいみちのくを去る

「こしあぶらは天ぷらにせよ、おひたしに」陸奥の友よお元気ですか

パンダの白

手話の手が動く車中にときとして発する息がするどくとどく

意味のうたノートにならぶくろぐろとまずしいなあとノート見ている

ひおうぎあやめ忽然と消えし鉢のなか蟻がせっせと巣をつくる夏

母音ばかりがひびく歌なり「君が代」はさびしい歌なり声ひくき歌

黒白《こくびゃく》のパンダの白がまっしろでなきこと今日の安寧とせり

バリトンの声

スカイツリー見上げていればゆるキャラが手を振っているすこし汚れて

きょうわれは娘のメールにすくわれぬ　こんなことではいかぬとおもう

葬列のようなしずかな一列はいま焼き上がる麵麭を待つひと

すれ違う若き力士と　ゆく春は鬢付け油のにおうわが町

ＩＤカード首から下げた一団とすれちがいたり今日より夏服

夫が手をひらけば蟬の抜け殻が目の玉までも脱皮している

うしろよりバリトンの声わが一首読みあげて去る息子の声が

足場組むおとこ等の声に見上げれば雨の上がりし空ひろがれり

休耕田にゆらぐ案山子を詠みし友あす福島を出ると告げきぬ

ガラスの檻

シンシンのお腹の上は竹の皮小山のように盛りて食事す

産毛ひかる子を胸に抱き母ザルは濡れたるような眼をむける

この春を子を産むモモコねむりおりゴリラの睫毛はこんなに長い

八方がガラスの檻ゆえわれら見つゴリラモモコの朝のゆまりを

シルバーバックの厚き背肉のゆれている老いの兆しのごとくかなしき

腕組みて瞑目をする老ゴリラ見たし見たしと檻をめぐれり

餌を得る保証のなかに老いてゆく豹がわたしの前を横切る

カフェ・オーレ「カフェ・ラテですね」と言い直しされて飲みたるカフェ・ラテぬるし

六十五歳のニンゲンわれはハンバーガー食みおり風のおちたる園に

金剛鸚鵡ギーと啼くひる子を諭す若き父あり声のやさしさ

耆《ぎ》婆《ば》耆《ぎ》婆《ば》は鳥と記憶す妙《たえ》に啼く鳥なりむかしなにに読みしか

鳥やけものの匂いもいちど胸によぶ日暮れの街の交差点にて

けものらの夜をおもえば月光のきょうの青さよ檻をつつめよ

むらさきおび来

額《ぬか》に髪ながくあずけて書をよめる若き日の夫ふとおもう夜

たおたおと身体《からだ》の線のゆるびゆく　たのしむごとく冬鏡のまえ

カーテンごしに降る雪速しぐんぐんとむらさきおびく午後の四時なり

雪ふればましてなつかし父のこえ『北越雪譜』少年の日々

千匹の兎おいたて立ち上がる空のま白し冬の噴水

ここよりは門前仲町やわらかな曇り硝子の家並《やな》みを過ぎつ

Ⅴ章

さくらが咲くよ

軒端より昨夜の雪の落ちる音おおきくちいさくちいさく　とおく

娘はケーキ、アルバムを息子はつくりたりきみの棺に入れんと真夜を

ふるえつつ箸にしら骨ひろいたり息子と小《ち》さく息をあわせて

雪の上に降りつもる雪があおく見ゆわれは夫のしら骨だきて

はらはらと落花する雪まきあがり宝仙寺の屋根をかくしけり

逝きて十日夢のなかなり夫はわがかいなの中にも一度死にき

きみの言葉のどこにもきみの声があり最後の短きメールの中も

一月の空に張り出す夏蜜柑きみが切り採りわれは手に受く

雪は消えいつもの街にもどりたり　あなたのいない街になりたり

きみがもうこの世にいない理不尽がかたまりのようにのみどをふたぐ

六十九年きみ一身は努めたり病まずに逝きしこと今　ただ悲し

現実に数歩おくれて生きている　さくらが咲くよというこえなくて

梓川にきみのひろいしまるき石しばしば撫づるをきみは知らざり

さくら散るあさの寒さに着てみたりきみのフリースこれからずっと

とおくちかく君の死なげく声とどくうちのめされてあなたをおもう
耳朶ふかくあなたの声をしまいたい青葉の中にとけないように

文庫本二冊

眼の端には文庫本二冊おかれおり眠りのまえにきみ読みし本

いかなる科のわたしにありて　手もとらずひとりで夫を逝かしめたりき

眠らねばよるが明けぬと目をとじる風のなかにて恋猫の鳴く

しゃくやくの白花こぼれ卓上はぬかれた羽のかさなるごとし

欠席の葉書をだしにゆく夜を空車の赤きランプが流る

お遍路にいつか行こうといわれしはいつの冬なり聞きながしけり

柱に背をあずけて遺影みつめおりこの世の時間とまる日暮は

眼鏡のなかの目が笑っている遺影いくたびいくたびほめられており

ライチをむけば

遠雷がからだの芯までとどく昼　灰白の鳥が窓をのぞけり

蝶となり亡き人来んと歌あればまたベランダに立つ夏はもうすぐ

アゲハかとみれば子雀ひらひらと電線をこえ木陰に消えぬ

迎え火を焚くきょう七月十三日きみ七十の誕生日なり

あやまたず帰り来よきみ盂蘭盆会　白提灯に灯をともしたり

去年きみと向かいて焚きし送り火をしゃがみてひとり風をよけつつ

話したき言葉あふれる黄昏の身体《からだ》のままに引きかえしたり

褐色のライチをむけばぽっとりときのうの月の白さ出できぬ

うた詠まぬころのあなたを思うなり髪さらさらと額《ぬか》におとして

蛍狩り紅葉狩りさえせざりしがことばにあそびし夜ありきみと

畳替えしたるひとへや水無月は青き香みちていのちのごとし

青畳につかれた夫をねかせたし障子に青葉の影濃きま昼

葛うすみどり

見ぬままにおわりし桜　葉ざくらがゴジラのような影を落せり

あたたかきものを食めよと短夜《みじかよ》を友のくれたる葛うすみどり

もっと笑えといくたびきみにいわれしかなかんずく夏の大間岬に

夫のなき時間をわれは生きつぐか秋よぶ月光《つき》が軽羅のごとし

きみおらぬへやは微塵のふりやすく赤みおびゆくごとき一室

息つめて読んでゆくなり後半生加速ましゆく夫の年譜を

三十のあさがおひらくベランダに真向かいて笑む夫の遺影は

体温

しあわせを運ぶ翁の面という玉蜀黍の髭たくわえて

ハノイの街で娘のさがし来し「おじいさん」見ることもなく夫は逝きけり

春の過ぎ夏はてるころ娘《こ》は掛けぬ父に買いたる翁の面を

ながきながき不在とおもわん朝あさを遺影のまえにお茶そそぐなり

「ただいま」というあなたの声を忘れない手を止めるなり日にいくたびも

「衣紋かけ」「匙」というひと　子と笑うまぶしきものは声にかえり来

カリフラワースープはひつじ雲のようスプーンにすくう雲散らしつつ

兄ふたり雪の二月にうしないし義妹《いもうと》とみるすじ雲の藍

いつかきっと行こうと言いきお遍路に「いつか」が秋日のなかにくらみぬ

四国遍路のみちに咲くとうアゼトウナ黄の花というわれは見たしよ

ベランダに零れた黒き朝顔の種ひと粒が眼を射すあした

ほろほろとあさがおの種をとってゆくわれにはたっぷり時間がありぬ

灰白のけむりのごときしじみ蝶ベランダに来つ　秋おわるなり

われをハグせよとう心やり過ごしやり過ごしここまでを来つ

カレンダー繰らざるままに白梅が咲きつづけてる夫の部屋に

太陽を浴びよときょうも朝戸出の息子に言わるわれはうなずく

隅田川の川面に塔がゆったりと身を横たえるときおり揺れて

老いたりし猫かもしれぬふりかえる眼の奥の白濁ふかし

たましいをかんがえるのはずっとさき写真のまえにまた坐るなり

かたわらにありし体温おもいつつ金曜のデモに行かんとおもう

あとがき

本集は『まっすぐな雨』につづく私の第三歌集です。二〇〇四年春から二〇一四年秋までの作品を収めました。五十代半ばから六十代半ばまでの作品となります。

十年間の歌をようやくまとめ、歌集の準備にとりかかっていた二〇一四年二月、夫が急逝いたしました。草稿に目をとおし、簡単な感想と「構成をもう少し考えて、入れ替えをしたらもう一度見るよ」というアドバイスをくれたのが二月九日、亡くなる前夜のことでした。全く予想もしない死でした。現実が、実感の遠いところでどんどんと過ぎていくような数年でした。四年ちかくが経ってしまいましたが、当初まとめていたⅣ章までの作品に、挽歌としてⅤ章を加え、四四六首を『褐色のライチ』といたしました。

二〇一一年の東日本大震災、つづく原発事故を発端とするかのように、社会の情況は思ってもみない速度で悪くなっています。そういった時代にあって、何をどう詠えばいいのかを考えます。小高が生きていたらどう行動しただろう、としばしば考えます。自身のことをいえば、この先の時間を意識せざるを得ない年齢なのだとも感じています。これからの生き方をもうすこし丹念に見つめ、短歌に向き合いたいと思っています。

この数年の苦しい時間を、短歌は寄り添うように傍らにあったと実感しています。歌は思っていたよりずっとつよく私を支えてくれるものでした。

馬場あき子先生、岩田正両先生にはいつも温かいお言葉や励ましをいただいております。「かりん」の先輩や仲間、歌友のみなさんの友情、また、短歌をとおして出会った多くの方たちに、力づけられている幸せをつくづく感じております。

最後に出版に際し、短歌研究社の堀山和子様、國兼秀二様、菊池洋美様にはたいへんお世話になりました。また装幀を倉本修様にお願いいたしました。とても楽しみにしております。あわせてお礼申し上げます。

二〇一七年十月末日

鷲尾 三枝子

検印
省略

かりん叢書第三一二篇

平成三十年一月十八日　印刷発行

歌集　褐色《かっしょく》のライチ

定価　本体二五〇〇円
（税別）

著者　鷲《わし》尾《お》三《み》枝《え》子《こ》
郵便番号一三〇―〇〇二四
東京都墨田区菊川二―九―一一

発行者　國兼秀二

発行所　短歌研究社
郵便番号一一二―〇〇一三
東京都文京区音羽一―一七―一四　音羽YKビル
電話〇三（三九四四）四八二二・四八三三
振替〇〇一九〇―九―二四三七五番

印刷者　豊国印刷
製本者　牧製本

ISBN 978-4-86272-571-4　C0092　¥2500E

短歌研究社　出版目録

＊価格は本体価格（税別）です。

文庫本	馬場あき子歌集	馬場あき子著		一七六頁	一四〇〇円	〒一〇〇円
文庫本	続馬場あき子歌集	馬場あき子著		一九二頁	一九〇五円	〒一〇〇円
歌集	飛種	馬場あき子著	A5判	二五六頁	三一〇七円	〒二〇〇円
歌集	いつも坂	岩田正著	四六判	一九二頁	二五〇〇円	〒二〇〇円
歌集	和韻	岩田正著	四六判	一八四頁	二五〇〇円	〒二〇〇円
歌集	宙に奏でる	長友くに著	四六判	一六八頁	二〇〇〇円	〒二〇〇円
歌集	スタバの雨	森川多佳子著	四六判	二三二頁	二七〇〇円	〒二〇〇円
歌集	湖より暮るる	酒井悦子著	四六判	一八四頁	二五〇〇円	〒二〇〇円
歌集	二百箇の柚子	池谷しげみ著	四六判	二二四頁	二七〇〇円	〒二〇〇円
歌集	サフランと釣鐘	浦河奈々著	四六判	一九二頁	二五〇〇円	〒二〇〇円
歌集	地蔵堂まで	野村詩賀子著	四六判	二一六頁	二五〇〇円	〒二〇〇円
歌集	ダルメシアンの壺	日置俊次著	四六判	一七六頁	三〇〇〇円	〒二〇〇円
歌集	光へ靡く	古志香著	四六判	二二四頁	二五〇〇円	〒二〇〇円
歌集	翼はあつた	四竈宇羅子著	四六判	一八四頁	二五〇〇円	〒二〇〇円
歌集	月曜と花	土屋千鶴子著	四六判	二〇八頁	二五〇〇円	〒二〇〇円
歌集	落ち葉の墓	日置俊次著	四六判	二四〇頁	三〇〇〇円	〒二〇〇円
歌集	地下茎	鈴木良明著	四六判	一六八頁	二五〇〇円	〒二〇〇円
歌集	透明なペガサス	田村奈織美著	四六判	一七六頁	二五〇〇円	〒二〇〇円
歌集	野うさぎ	舟本恵美著	四六判	二三二頁	二五〇〇円	〒二〇〇円
歌集	百年の雪	篠原節子著	四六判	一六四頁	二五〇〇円	〒二〇〇円
歌集	真珠層	梅内美華子著	四六判	一七六頁	二七〇〇円	〒二〇〇円
歌集	鳥語の文法	遠藤由季著	四六判	一七六頁	二五〇〇円	〒二〇〇円
歌集	ひとりを研ぎて	野々山三枝著	四六判	一九六頁	三〇〇〇円	〒二〇〇円
歌集	裸眼で触れる	松本典子著	四六判	一四八頁	二〇〇〇円	〒二〇〇円